I0551477

BIBLIOTHÈQUE SPÉCIALE DE LA SOCIÉTÉ

DES

AUTEURS ET COMPOSITEURS DRAMATIQUES

Agent général : LOUIS LACOUR

L'AFRICAINE...

POUR RIRE

PARODIE EN UN ACTE

PAR

M. PAUL BOISSELOT

PARIS

LIBRAIRIE DRAMATIQUE

10, RUE DE LA BOURSE, 10

—

1866

L'AFRICAINE...

POUR RIRE

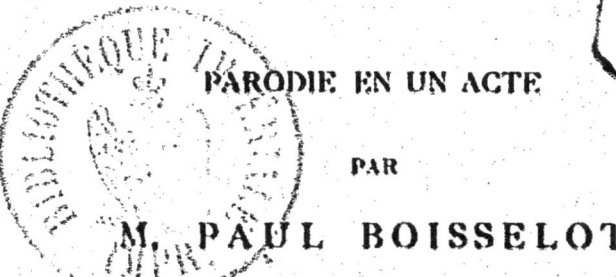

PARODIE EN UN ACTE

PAR

M. PAUL BOISSELOT

Représentée, pour la première fois, à Bruxelles, le 16 mars 1866

PARIS

LIBRAIRIE DRAMATIQUE

10, RUE DE LA BOURSE, 10

—

1866

PERSONNAGES

—

FIASCO DE PANAMA, explorateur de mines de houille..................... MM. VAN GHELE.

MOLLUSKO, charbonnier........... } GILLE NAZA. CH. BOISSELOT.

VAN PERDRO, président du conseil de la société des mines.................. VERNET.

VAN AMIGO, membre du conseil, personnage effacé.

VAN BAVAR, membre du conseil...... AVENIÈRE.

LE GRAND PRÊTRE { On en parlera, mais on évitera
LE GRAND INQUISITEUR { avec soin de les faire voir.

ARNIKA, charbonnière, native de Constantine (Afrique).................... Mmes MARGUERITE.

NIAISE, fille de Van Amigo.............. MALET.

UN DILETTANTE DE L'ENDROIT...... MM. CASIMIR ROMAND.

UN PLACEUR, de la salle,............ MOONS.

BIBLIOTHÈQUE SPÉCIALE

DE LA

SOCIÉTÉ DES AUTEURS ET COMPOSITEURS DRAMATIQUES

AGENT GÉNÉRAL : LOUIS LACOUR

Paris. — Typ. Moaaus et Comp., rue Amelot, 64.

L'AFRICAINE... POUR RIRE

SOUVENIRS D'OPÉRA EN CINQ PORTIONS

PEU DE PAROLES DE SCRIBE, PAS DE MUSIQUE DE MEYERBEER

COUPABLE PRÉSUMÉ : M. PAUL BOISSELOT

Première portion
LE CONSEIL DES DEUX
Nota. — De graves questions y seront jouées à pile ou face.

Deuxième portion
LES MENOTTES DE FIASCO
Nota. — Le Ténor dormira pendant vingt minutes.

Troisième portion
TOURNEZ AU NORD
Nota.— Une énorme simplification a été apportée dans la manœuvre du vaisseau.

Quatrième portion
LE TRIOMPHE D'ANNIKA
Nota. Des fleurs étant jetées sur son passage, le cortège sera suivi d'un balai.

Cinquième portion
L'IMMENSE NÉFLIER
Nota. — La ritournelle à l'unisson sera fidèlement exécutée.

PROLOGUE

(On entend frapper les trois coups selon l'usage. L'orchestre joue une ouverture assez prétentieuse. Quand arrivent les dernières mesures, deux hommes paraissent en discutant à l'orchestre des musiciens; c'est LE DILETTANTE et LE PLACEUR. La musique s'interrompt.)

LE PLACEUR.
Je vous répète, monsieur, que le public n'entre pas ici.

LE DILETTANTE.
Je vous dis que je suis dans un cas exceptionnel. Chaque fois qu'on a joué l'*Africaine* au Grand-Théâtre, j'y suis allé; jamais de place. Aujourd'hui, je la vois affichée ici, j'accours, tout est loué! Alors, j'ai été trouver le directeur qui a eu pitié de moi; il m'a fait réserver un tabouret dans l'orchestre des musiciens. *(En parlant il a fait un pas, et*

1

*trébuche embarrassé dans un tabouret).*Tenez, à preuve, le voilà.

LE PLACEUR.

C'est différent, monsieur. Seulement, vous savez que vous n'allez pas voir la même Africaine qu'au Grand-Théâtre.

LE DILETTANTE.

Bah!

LE PLACEUR.

Nous jouons, nous, le premier libretto sur lequel Meyerbeer devait faire sa musique, et auquel il a préféré plus tard les paroles de Scribe; des coteries, vous savez.

LE DILETTANTE.

Diable!... mais j'aurai toujours une idée de la pièce?

LE PLACEUR.

Oh! vous êtes sûr de comprendre autant qu'à l'Opéra.

LE DILETTANTE.

Pas plus!... Enfin, allez-y.

LE PLACEUR.

Asseyez-vous. (*L'orchestre reprend ses dernières mesures, et le rideau se lève. Le théâtre représente une salle d'habitation ouverte sur le bord de la mer. Siéges.*)

SCÈNE PREMIÈRE

NIAISE, *entrant.*

Me voici, papa... Tiens, il n'est pas là! il m'a fait demander pourtant; ça m'inquiète même... (*récitatif*) pour un objet, dit-il, d'une haute importance. (*Parlé naturel.*) J'ai des papillons noirs... Fiasco de Panama, celui que j'aime, est toujours absent. Il cherche à découvrir des mines de charbon qui se dérobent aux plus malins explorateurs! Oh! il triomphera! il reviendra! il m'épousera! et mon Panama, quand il paraîtra, me déridera.

LE DILETTANTE.

Traderideri traderidera... Oh! j'aime la musique, moi!

SCÈNE II

NIAISE, VAN PERDRO.

VAN PERDRO, *en récitatif* (1).

Vers vous Van Amigo, votre père, m'envoie.

NIAISE, *de même.*

C'est lui que j'attendais.

(1) Les phrases indiquées en récitatif sont déclamées sans musique, mais suivies d'un accord sec, en *ut*.

VAN PERDRO, *de même.*

Nous sommes moins de monde ici qu'au Grand-Théâtre : contentez-vous de moi.

NIAISE, *parlé naturel.*

Enfin, qu'est-ce qu'il veut ?

PERDRO.

Vous marier.

NIAISE.

Avec ?

PERDRO.

Un homme.....

NIAISE.

Est-il possible ! mais quel homme ?

PERDRO.

Celui qu'est dans ma redingote.

NIAISE.

O ciel !

LE DILETTANTE, *au Placeur.*

Vous êtes sûr que ça n'est pas de Scribe, ça ?

PERDRO.

Vous souris-je ?

NIAISE.

Jamais !

PEDRO.

Quoi ! vous dédaignez Van Perdro.

NIAISE.

Le Perdro n'est pas ce que j'aime.

LE DILETTANTE.

Bien accommodé aux choux, cependant...

PERDRO.

Penseriez-vous encore à ce damné Fiasco ?

NIAISE.

Toujours.

PERDRO.

Pauvre chère Niaise !... Je vais jeter un seau d'eau sur ce cœur embrasé.

NIAISE.

Voyons votre seau.

PERDRO.

Fiasco n'est plus.

NIAISE.

N'est plus quoi ?

PERDRO.

N'est plus vivant.

NIAISE.

Il est donc mort?

PERDRO.

Vous l'avez deviné.

NIAISE.

Ah ! (*Elle va pour tomber.*)

PERDRO, *l'avertit.*

Plus loin, la chaise.

NIAISE.

Merci... (*Elle reprend son cri, et tombe assise.*) Ah !...

LE DILETTANTE.

C'est tout à fait le cachet de Meyerbeer jusqu'à présent.

PERDRO.

Ah! voici Van Bavar, la catastrophe va être racontée au sein du conseil qui s'assemble.

SCÈNE III

NIAISE, VAN PERDRO, VAN BAVAR.

LE DILETTANTE.

Ah! est-ce que ce n'est pas là que j'ai entendu parler du chœur des Évêques, un morceau éminent?

NIAISE, *revenant à elle pour lui donner l'explication, comme une confidence, avec une main d'un côté de la bouche.*

Oui, et c'est à cause de Son Éminence que nous l'avons retranché.

LE DILETTANTE.

Ah! le conseil n'a pas l'air nombreux.

AIR : *Eh! allez donc, Turlurette.*

ENSEMBLE.

PERDRO.

Pour le jug'ment
J' suis président;
Lui compos' l'assemblée.
Je vais plaider,
Il va m'aider,
Ça s'ra jugé d'emblée!

BAVAR.

Pour le jug'ment
D' mon président,
Je viens à l'assemblée;
Il va plaider,
Je vais l'aider;
Ça s'ra jugé d'emblée!

LE DILETTANTE, *seul.*

Si c'est par là
Que l'on rempla-
Ce le chœur des Évêques,
Votre opéra,
Je crois, n'aura
Pas de succès avecquel

(*Bavar dispose les deux chaises pour lui et Perdro; ils s'asseyent.*

PERDRO.

La parole est à Van Bavar.

BAVAR.

Voici la chose : notre association pour la découverte des mines de charbon inconnues vient d'essuyer un échec.

PERDRO.

Je le savais.

BAVAR.

C'est pourquoi je vous l'annonce; le célèbre capitaine de notre expédition, l'illustre marin Dièze...

LE DILETTANTE.

Dièze... je croyais que c'était Diaz...

BAVAR.

En musique, dièse.

LE DILETTANTE.

C'est juste.

BAVAR.

Le capitaine Dièze, dis-je, à la piste d'une nouvelle mine située de l'autre côté du petit canal de Mouilletézô, a brisé son batelet contre l'écluse de Castérin, et s'est *nayé* comme un simple chat.

NIAISE, *se levant.*

Il est mort!

BAVAR, *se levant.*

De fond en comble.

NIAISE.

Et qui le prouve?

BAVAR.

Un de ses acolytes, le seul survivant du désastre.

NIAISE.

Le lâche! où est-il?

BAVAR, *à Perdro, en récitatif.*

Il demande l'honneur d'être admis devant vous.

PERDRO, *de même.*

Qu'il entre. Quel est-il?

BAVAR, *de même.*

Ardent, audacieux,

PERDRO, *de même.*

Son nom ?

FIASCO, *de même.*

Fiasco de Panama !

PERDRO *et* NIAISE, *de même.*

Lui ! grand Dieu !

PERDRO, *de même.*

Sort fatal !

NIAISE, *de même.*

Sort prospère !

SCÈNE IV

LES MÊMES, FIASCO. *

FIASCO, *parlé.*

V'là c' que c'est; c'est bien fait, fallait pas qu'il y aille.

NIAISE.

Je reconnais son noble langage. Mais éloignons-nous...
pour ménager la reconnaissance du second acte. (*Elle sort,
premier plan, gauche.*)

SCÈNE V

LES MÊMES, *moins* NIAISE.

PERDRO.

Ainsi votre chef a péri ?

FIASCO.

C'était un imbécile.

BAVAR.

Que cette oraison funèbre lui soit légère ! (*Il s'assied.*)

FIASCO.

Confiez-moi un batelet, à moi, et vous verrez...

PERDRO.

Tu crois qu'il existe une mine de charbon ignorée de
l'autre côté de ce canal ?

FIASCO.

J'en suis sûr.

BAVAR.

Pourquoi n'as-tu pas traversé les ponts ?

* Niaise, Fiasco, Perdro *assis*, Bavar.

FIASCO.

Parce qu'il n'y en a pas.

LE DILETTANTE.

C'est une raison.

PERDRO.

Tu ne sais pas nager?

FIASCO.

L'eau froide me donne des crampes.

BAVAR.

Et les canots, sont-ils donc faits pour les canards?

FIASCO.

Tous brisés par le dernier coup de vent ! Mais faites-moi-z'en faire un, et vous verrez.

BAVAR.

Quelle fierté d'élocution !

FIASCO.

Je vous promets une mine qui fera pâlir la vôtre. A vous des trésors de houille, de quoi brûler l'Europe, et vous l'annexer ensuite pour votre chauffage particulier.

PERDRO.

Et comben qu' vous d'mand'rez pour ça?

BAVAR.

Oui, votre part à vous !

FIASCO, *risquant un ut dièse.*

A moi ! c'est l'immortalité.

BAVAR *à Perdro, retournant chacun leur chaise pour se parler nez à nez.*

Eh ! seigneur ! c'est dans les prix doux.

LE DILETTANTE.

Le fait est que ça n'est pas cher.

BAVAR.

Je volerais volontiers pour que nous acquiesçassions à sa demande.

PERDRO.

Moi ! je vote contre...

FIASCO.

C'est embarrassant.

BAVAR.

Eh bien ! à pile ou face.

PERDRO.

Soit ! (*Ils se lèvent. Bavar range les chaises.*)

FIASCO.

Encore un mot, seigneurs, avant qu'on délibère; ça va peut-être décider monsieur Van Perdro, qui est dur à la détente. (*Récitatif.*)

1.

Deux charbonniers, qui sont d'une mine inconnue,
Là-bas, près de l'écluse, avaient frappé ma vue!

Ils sont là!

PERDRO, parlé naturel.

Eh bien! après?

FIASCO.

Ils n'appartiennent à aucune entreprise de notre littoral;
donc ça prouve qu'il y a quelque chose là-dessous. Voyez-
les!

BAVAR, passant n° 1.

Que tous deux soient admis.

FIASCO, remontant.

Eh! là-bas! (Ils entrent.)

SCÈNE VI

LES MÊMES, MOLLUSKO, ARNIKA.*

PERDRO.

Dans quelle mine travailles-tu? (Silence.)

BAVAR.

D'où vient donc ce silence?

PERDRO.

Tu ne nous réponds pas?

MOLLUSKO.

Non, non!

PERDRO.

A toi donc, la noirote.

ARNIKA.

On nous a pris sur le canal, après le coup de vent qui
avait cassé notre coquille de noix.

FIASCO, il est redescendu à l'extrême droite.

Regardez ce teint dépourvu de poudre de riz; ne prouve-
t-il pas que ces inconnus sortaient d'une mine?

BAVAR.

Comment expliquez-vous la noirceur de vos traits?

MOLLUSKO.

Parce que notre canot s'y étant mal pris pour jeter l'an-
cre...

LE DILETTANTE.

Ah! ils en ont reçu dans la figure; v'là l'affaire.

BAVAR.

Vain détour.

* Bavar, Perdro, Mollusko, Arnika, Fiasco.

FIASCO,

Parle donc, Arnika; c'est Fiasko qui t'en prie.

ARNIKA.

Je cède à ta voix qui supplie. (*Elle passe à Perdro.*) Vous le voulez, eh bien...

MOLLUSCO, *l'arrêtant.*

Pas de bêtises donc. Vas-tu révéler l'existence de cette mine secrète dont tu es propriétaire, et livrer tes mineurs à cet exploiteur majeur?

PERDRO.

Allons, cette mine?

ARNIKA.

Je ne veux rien dire; c'est tout ce que vous saurez.

FIASCO.

Plus d'espoir de ce côté! mais j'en reviens à mon petit bateau. (*Il passe à Perdro.*)

BAVAR.

Revenons-en à pile ou face. Si c'est face, tu auras ton canot ce soir même.

PERDRO.

Si c'est pile, tu en recevras d'abord une... et puis tu seras chargé de chaînes.

BAVAR.

Je n'ai sur moi que de la ficelle.

PERDRO.

Soit, de la ficelle, je l'accorde.

BAVAR.

Avez-vous une pièce de deux sous?

PERDRO.

La voici, je jette.

FIASCO.

Je ne suis pas dans mon assiette.

PERDRO.

Qui est-ce qui demande?

FIASCO, *montrant les noirs.*

Eusse.

BAVAR.

Allez-y.

ENSEMBLE.

MOLLUSKO.

Pile.

ARNIKA.

Face.

PERDRO, *qui allait jeter la pièce, s'arrêtant:*

Ah! voyons, faut tâcher de s'entendre. Allez-y.

ENSEMBLE.

MOLLUSKO.

Face.

ARNIKA.

Pile.

PERDRO.

Sacristi, ça va-t-il finir? Parle, toi, la moricaude.

MOLLUSKO, *bas.*

Dis pile.

ARNIKA.

Ah! qu'il est tannant celui-là! Face, na! (*Perdro jette la pièce. Les cinq personnages se précipitent à terre, de façon à réunir leurs cinq têtes au-dessus de la pièce de monnaie.*)

BAVAR.

Elle est pile.

FIASCO.

Pas de veine.

MOLLUSKO.

Quelle chance!

ARNIKA.

Pauvre Fiasco!

BAVAR, *montrant la pièce à Fiasco en passant à lui.*

Voyez qu'elle est bien pile. (*Il la met dans sa poche.*)

PERDRO.

Pardon, c'est à moi, les deux sous.

BAVAR.

Escusez, ça m'a échappé.

FIASCO.

Ainsi, vous êtes contre moi.

PERDRO.

Le sort a prononcé.

FIASCO.

Eh bien, vous n'êtes que des crétins.

PERDRO.

Pour un pareil outrage, éternelle prison. En avant la ficelle. (*Bavar l'attache.*)

FIASCO.

Allez, allez, mais vous verrez au cinquième acte!

PERDRO, *allant à Mollusko.*

Toi, Mollusko, tu as l'air de ne pas être l'ami intime de monsieur; viens avec nous, je vais te glisser deux mots dans l'oreille.

FIASCO.

Les lâches ! (*Bavar le pousse à l'extrême gauche.*)*

ARNIKA.

Pauvre jeune homme ! Je crois que je suis pincée.

CHŒUR.

AIR : *Ah! c'est épouvantable !*

FIASCO et ARNIKA.

O tortures atroces,
Qui n' font que d' commencer!
Leurs instincts si féroces
Sur $\left\{ \begin{matrix} moi \\ lui \end{matrix} \right\}$ vont s'exercer.

LES AUTRES,

Ses tortures atroces,
Ne font que d' commencer ;
Nos p'tits instincts féroces
Sur lui vont s'exercer !

TOUS, *rompant avec la situation, pour dire gracieusement au public :*

C'est la manière exacte
Dont au Grand Opéra
Finit le premier acte ;
Qui qu'ira le verra.

(*Perdro, Bavar et Mollusko sortent. Fiasco reste ; Arnika immobile le contemple.*)

SCÈNE VII

FIASCO, ARNIKA.

LE DILETTANTE.

Voilà tout de même une situation attachante.

FIASCO.

Quand on est condamné à une prison éternelle, ce qu'on a de mieux à faire, c'est de dormir. Bonsoir. (*Il va s'étendre au fond.*)

ARNIKA.

Il va dormir. (*Fiasco ronfle.*) Il dort.

LE DILETTANTE.

Il ne perd pas de temps.

ARNIKA, *descendant.*

S'il pouvait rêver de moi !

FIASCO, *rêvant.*

O ma douce compagne !

ARNIKA, *remontant.*

Qu'ouis-je ?

* Fiasco, Bavar, Arnika, Perdro, Mollusko.

2

FIASCO, *rêvant.*

O toi, ma seule amie!

ARNIKA.

Est-ce moi?

FIASCO, *de même.*

Mademoiselle Van Amigo.

ARNIKA.

O ciel!

FIASCO, *de même.*

Chère Niaise!

ARNIKA, *descendant à la rampe.*

Quelle douleur! Donnons un libre cours à mon angoisse,
et respectons son sommeil en chantant un petit air bien
senti.

Air de *la Gardeuse d'ours.*

Ce qu'il dit en rêve me prouve
Que mes désirs sont superflus;
Car pour une autre il les éprouve;
Il n'a pas d' chanc' ni moi non plus!
Mais puisque, hélas! pour tout potage
Il n'a qu'un paisible sommeil,
Du moins, bercé par mon ramage,
Qu'il dorme jusqu'à son réveil!

(*Elle remonte avec précaution jusqu'à Fiasco, et une fois près de
lui, chante à tue-tête.*)

La ou la ou la ou itou,
La ou la la la ou la ou, etc.

(*Mollusko paraît brusquement; Arnika fait un geste d'arrêt et dit
à voix très-basse:*)

Chut! il dort. (*Mollusko répond par un signe d'intelli-
gence, et ils reprennent tous deux d'une voix encore plus forte.*)

La ou la ou la ou, etc.

LE DILETTANTE.

Il a le sommeil dur ce gaillard-là!

SCÈNE VIII

LES MÊMES, MOLLUSKO, *un martinet à la main.*

MOLLUSKO.

Allons, il le faut, dans l'intérêt de la charbonnière elle-

* Mollusko, Fiasco, Arnika.

même. (*Hésitant.*) Mais, hélas! frapper un ennemi qui dort!
(*Changeant de ton.*) Tiens, au fait, c'est plus commode. (*Il
lève son martinet sur Fiasco.*)

ARNIKA, *l'arrêtant.*

O ciel! que veux-tu faire?

MOLLUSKO.

Le gratifier de quelques coups de ce martinet.

ARNIKA.

Il est là sans défense.

MOLLUSKO.

C'est ce qui m'a décidé. Quand je lui aurai bien caressé
les côtes, il renoncera à aborder sur les nôtres.

ARNIKA.

Mais en nous faisant prisonniers, il a consenti à ce que
nous ne nous séparassions pas.

MOLLUSKO.

Rassions pas... rassions pas...

ARNIKA, *le faisant descendre.*

Tu as un motif?

MOLLUSKO.

Peut-être! (*Il dit le mot en récitatif, et de manière à faire
entendre : Patà... tra!*)

ARNIKA.

Achève, je le veux.

MOLLUSKO.

Eh bien, j'ai cru voir dans vos sentiments réciproques
quelque chose de louche.

ARNIKA, *à part.*

Mazette!

MOLLUSKO.

Il t'aime ou tu l'aimes, et je veux qu'il meure.

ARNIKA.

Mollusko, donne-moi ton martinet?

MOLLUSKO.

Jamais! et ta prière est son arrêt de mort. (*Il s'élance vers
Fiasco, mais Arnika prévient le mouvement et l'éveille.*)

ARNIKA.

Fiasco, réveille-toi.

MOLLUSKO

Ah! que c'est bête!

FIASCO.

Que me veux-tu?

ARNIKA.

Maitre, c'est un petit paiu...

FIASCO, *se levant.*

Tout sec?

ARNIKA, *tirant de sa poche un petit pain.*

Oui, ton repas... que t'apportait ton esclave fidèle.

FIASCO, *à Mollusko.*

Mais toi, va me chercher au moins quelques pommes de terre frites?

MOLLUSKO.

Il suffit, je reviens... (*Il remonte, à part.*) Et ma vengeance avec! (*Il sort, à gauche.*)

SCÈNE IX

FIASCO, ARNIKA.

FIASCO.

Saperlote! Arnika, tu m'as réveillé au moment où je découvrais en rêve la mine de houille que je poursuis.

ARNIKA.

Et si je te la faisais trouver en réalité?

FIASCO.

Toi?

ARNIKA.

Montre-moi les petits dessins que tu crayonnais hier?

FIASCO.

Mon plan?... (*Il sort de sa poche un plan qu'il développe.*) Tiens... vois... de ce côté...

ARNIKA.

Non, pas là!... c'est la douane...

FIASCO.

Cependant... d'après la sonde...

ARNIKA.

Mais là... sur la droite... est la mine... la mine que tu cherches.

FIASCO.

Est-il vrai?

ARNIKA.

J'en sortais, quand mon canot fragile...

FIASCO.

Je comprends et je l'avais bien dit... et voilà le passage!... Ah! que je t'embrasse!...

ARNIKA.

Sans que je m'essuie la figure?

FIASCO.

Sans que tu t'essuies la figure..

ARNIKA.

O ivresse!

FIASCO.

AIR des *Mousquetaires de la Reine.*

Mais ce pays, l' connais-tu bien?

ARNIKA.

Puisque c'est l' mien !

FIASCO.

Beaucoup d' mineurs, beaucoup d' charbons?

ARNIKA.

Je t'en réponds!

FIASCO.

Et puis, en remontant le bord?...

ARNIKA.

Encor, encor!

FIASCO.

Ah! répète-le-moi-z-encor!

ARNIKA.

Encor!... encor !...

TOUS DEUX, *indéfiniment.*

Encor, encor, encor, encor! etc.

LE DILETTANTE.

Ah! ben, encore, encore! (*Fiasco embrasse Arnika; les
autres entrent.*)

SCÈNE X

LES MÊMES, PERDRO, NIAISE, MOLLUSKO.

MOLLUSKO, *les introduisant.* *

Voyez-vous ça?

PERDRO.

Nous le voyons.

* Niaise, Mollusko, Perdro, Fiasco, Arnika.

NIAISE, *descendant.*

L'infidèle!

FIASCO.

En croirai-je mes yeux! Niaise, ma bien-aimée!

ARNIKA, *à elle-même.*

Elle! Niaise!... ô amertume!

NIAISE, *de même.*

Comme elle est noire!

ARNIKA, *de même.*

Comme elle est blanche!

LE DILETTANTE.

Il ne sait plus si c'est à sa blanche ou à sa noire qu'il faut qu'il s'accroche!... Quelle situation musicale!

NIAISE, *passant à Fiasco.*

Je te savais ici, Fiasco; j'ai demandé ta grâce, la v'là... tu peux partir.

FIASCO.

C'est vous qui m'éloignez!... Ah! je comprends... vos soupçons... parce que tout à l'heure... cette esclave...

NIAISE.

C'est bon, c'est bon!... on sait à quoi s'en tenir.

FIASCO.

Je vais vous calmer d'un mot : cette esclave, je vous la donne. (*Il la fait passer à Niaise.*)

ARNIKA.

Sac à papier!

MOLLUSKO, *levant la main comme les enfants à l'école.*

Et moi aussi, m'sieu?

FIASCO.

Et toi par-dessus le marché.

ARNIKA.

Le paltoquet!

PERDRO, *qui s'était tenu au fond, descend entre Arnika et Fiasco.*

C'est bon, je vous les paye; voici quarante sous.

FIASCO.

Et voici mon reçu. (*Il signe sur le derrière de son plan et le donne à Perdro.*)

PERDRO.

Maintenant partons pour le canal.

FIASCO.

Comment?

PERDRO,

C'est moi qui vais tenter ton expédition, grâce à ce plan sur lequel tu viens de me signer un reçu!

FIASCO, *prenant le milieu de la scène.*

Cristi!

RÉCITATIF.

Vous à qui j'ai remis d'une main insensée
Le fruit de mes périls, mes labeurs, ma pensée!

(*Parlé naturel.*) Heureusement que tu ne t'y reconnaîtras pas.

MOLLUSKO, *bas à Perdro, en descendant à l'extrême droite.*

Va, va, je te guiderai, moi.

PERDRO.

J'y comptais bien en t'achetant. (*Ces deux répliques sont dites en voix de basse, sur une seule note chevrotante qui n'en finit point, pour charger le motif de trilles de l'opéra; alors le dilettante continue cette cadence monotone en disant du même ton :*)

LE DILETTANTE.

C'est bien joli, mais c'est bien embêtant.

PERDRO.

Viens, ma petite Niaise.

FIASCO, *s'interposant.*

De quel droit l'emmener?... et avec cette familiarité encore!

PERDRO.

Tiens, c'est ma femme!

FIASCO.

Allons, bon, voilà autre chose.

NIAISE, *bas à Fiasco, avec âme.*

Pour te sauver! mais loin de toi...

FIASCO.

Tu vas mourir.

NIAISE, *ton naturel.*

Ah! non, mais je vais bien m'ennuyer. (*Elle passe à Perdro.*)

PERDRO.

Au canal!

MOLLUSKO.

Au canal!

FIASCO.

O canailles! (*Arnika, qui s'était tenue au fond, descend pour le chœur.*)

* Fiasco, Arnika, Niaise, Perdro, Mollusko.

CHŒUR.

Air : *Ah! j'ai bien mal à la tête.*

FIASCO.

Ah! sous la honte et la rage
Je sens mon front courbé ;
Mes charbons, mon mariage,
Voilà donc tout flambé!

LES AUTRES.

Ah! sous la honte et la rage,
Son orgueil est courbé ;
Ses charbons, son mariage,
Voilà donc tout flambé!

TOUS, *rompant la situation pour dire gracieusement au public :*
Ah! c'est la manière exacte
Dont au grand Opéra
Se termin' le s'cond acte.
Qui qu'ira le verra.
(*Fiasco sort à droite, les autres à gauche.*)

SCÈNE XI

LE PLACEUR *paraît en scène avec un* EMPLOYÉ. *Ils portent un baquet d'eau dans lequel vogue un petit navire d'enfant; ils le posent sur un tabouret.*

LE DILETTANTE.

Qu'est-ce que c'est que ça?

LE PLACEUR.

L'administration a tenu à représenter la scène du vaisseau, mais n'ayant pu faire machiner *le dessous*, les personnages ne monteront pas *dessus*; du reste, ils n'en seront que plus en *dehors*....

LE DILETTANTE.

Alors, c'est nous qu'on met *dedans*. Quelle différence avec le grand Opéra qui annonce, avec son navire, trois cents personnages!

LE PLACEUR.

Eh bien, nous vous donnons aussi un navire *étroit*, sans *personnages*.

LE DILETTANTE.

Oh! pristi! j'aime encore mieux la pièce! Continuez.

SCÈNE XII

PERDRO, BAVAR.

PERDRO, *venant se placer derrière le baquet.*
Je cherche Mollosko depuis la cale jusqu'au haut des mâts, je ne le trouve point!

BAVAR, *venant se placer à côté de Perdro.*

Saperlipopette! Van Perdro, il y avait longtemps que je n'étais allé sur mer, je n'ai pas le cœur bien à mon aise.

PERDRO.

Nous toucherons bientôt terre.

BAVAR.

Eh bien, moi, je me méfie de votre charbonnier, savez-vous.

PERDRO.

Bah!

BAVAR.

J'ai idée qu'il va nous envoyer nous asseoir sur un banc de sable quelconque.

PERDRO.

Enfin, nul n'est encore parvenu jusqu'ici.

BAVAR.

Pardon, il y a là-bas une voile blanche qui nous a devancés.

PERDRO.

La téméraire! si j'avais mon fusil!

SCÈNE XIII

LES MÊMES, MOLLUSKO.*

MOLLUSKO, *accourant.*

Méfiez-vous, v'là un changement de vent!

PERDRO.

Un changement de quoi?

MOLLUSKO.

De vent.

BAVAR.

Où ça?

MOLLUSKO.

Derrière vous.

BAVAR.

Voyons, est-ce devant ou derrière?

PERDRO.

C'est là qu'il faut une manœuvre adroite.

MOLLUSKO, *comme s'il criait aux mousses*

Virez à gauche!

* Bavar, Mollusko, Perdro.

BAVAR.
Voyons, est-ce à gauche ou à droite?

MOLLUSKO, *de même.*
Au nord... tournez au nord. (*Il fait virer le petit navire avec son doigt.*)

BAVAR, *passant devant le baquet.*
Où veut-il nous conduire?

MOLLUSKO *à part, récitatif.*[*]
Je vois au loin l'ouragan qui s'avance,
Nous suivons le chemin qui mène à ma vengeance.

BAVAR.
Je ne suis pas rassuré. Si Mollusko profitait de ça pour nous chanter sa petite chansonnette!

PERDRO.
C'est ce qu'on fait toujours dans des cas aussi graves.

MOLLUSKO, *prenant le milieu et essayant sa voix par une gamme.*
Ah! ah! ah! ah! ah!... Ça y est : [**]

Il était un petit navire (*bis*),
Dessus la mer s'en est-z-allé! (*bis.*)

. . . .

(*Motif de* la Muette.)
Malgré qu'il vogue avec prudence,
Le vent est si fort,
Que les passagers en silence
Attendent la mort!
(*Les prenant tous deux par la main.*)
Gare au trépas! } (*Bis.*)
Il ne tardera pas!
(*Il passe à droite.*) [***]

BAVAR.
Ce chant d'allégresse me rassure.

LE DILETTANTE.
Meyerbeer a pillé ça dans *la Muette*.

SCÈNE XIV

LES MÊMES, NIAISE, FIASCO.

NIAISE, *accourant.*
Une barque demande à vous parler.

* Mollusko, Bavar, Perdro.
** Bavar, Mollusko, Perdro.
*** Bavar, Perdro, Mollusko.

FIASCO, *entrant.*

Cette barque, c'est moi.

TOUS.[*]

Fiasco!...

FIASCO.

Oui, petits imprudents, vous allez vous casser le nez contre des rochers, et comme vous êtes mes plus mortels ennemis, je viens vous prévenir du danger.

MOLLUSKO.

Quelle tuile! (*Il remonte observer l'horizon.*)

BAVAR.

Pouvons-nous croire à ta sincérité?

FIASCO.

Ne perdez pas de temps, les écueils sont à deux pas.

VAN PERDRO.

Pour payer ses conseils salutaires, au grand mât du vaisseau j'ordonne qu'on l'attache.

LE DILETTANTE.

C'est plein de sentiment tout ça.

MOLLUSKO, *à part.*

J'aperçois les écueils, pressons la catastrophe. (*Haut.*) Trop tard, mes mignons, le vaisseau craque. (*Il tire de sa ceinture une crécelle qu'il agite derrière lui en tournant le dos au public.*)

TOUS.

O ciel!... c'est fait de nous!

MOLLUSKO.

Ohé! les amateurs de la pleine eau. (*Il fait sombrer le petit navire dans le baquet, toujours avec son doigt; tous le personnages poussent un cri formidable et tombent dans différentes attitudes.*) Je triomphe.

SCÈNE XV

LES MÊMES, ARNIKA.

ARNIKA.

Pas encore; [**] le vent l'a trompé, Mollusko; ce n'est pas contre des récifs qu'il t'a conduit, mais sur mon propre rivage.

MOLLUSKO.

Quoi! nous sommes sur tes terres?

[*] Bavar, Fiasco, Perdro, Nialse, Mollusko.
[**] Arnika, Mollusko, les autres au fond.

ARNIKA.

Et quand parle sa propriétaire, Mollusko doit souffrir et se taire.

MOLLUSKO, s'inclinant.

Sans murmurer. (Bis.)

LE DILETTANTE.

Ah! ça, c'est de Scribe; je m'y reconnais.

ARNIKA, se retournant.

Entendez-vous, vous autres? sauvés!

TOUS, se relevant joyeux.

Sauvés!

ARNIKA.

Suivez-moi, je vais vous montrer mon logement. (Tous descendent.)

CHŒUR.

Air : Papa, les p'tits bateaux.
Quoi! not' petit bateau
Qu'était sur l'eau
Se cass' les jambes,
Et nous v'là plus ingambes
Qu'avant
Ce navrant
Accident !
Du reste, à l'Opéra
Voilà bien la manière exacte
Dont finit l' troisième acte;
Qui qu'ira
S'en assurera!

(Arnika donne la main à Fiasco et sort, suivie de Niaise, qui donne la main à Perdro; Bavar va pour tendre la main à Mollusko, mais il se ravise et sort suivi du Charbonnier.)

SCÈNE XVI

LE DILETTANTE.

Ce motif ressemble un peu à une chanson de mon enfance :

Papa, les p'tits bateaux
Qui vont sur l'eau
Ont-ils des jambes ?

A ça près, c'est d'une originalité incontestable. — Je crois que nous devons assister maintenant au triomphe et au cortège de la charbonnière Arnika. — (Au public.) A propos, entre nous... avez-vous remarqué que nous ne savons pas encore pourquoi ça s'appelle l'Africaine, cette machine-là?

* Bavar, Fiasco, Arnika, Perdro, Niaise, Mollusko.

LE PLACEUR, *passant sa tête au premier plan.*

Parce que mademoiselle Arnika est née à Constantine, en Afrique.

LE DILETTANTE.

Ah! bon; mais personne ne l'a dit... on ne parle pas de l'Afrique assez... — Oh! je ne l'ai pas fait exprès; un million de pardons, messieurs, mesdames. (*Au placeur.*) Continuez.

SCÈNE XVII

TOUS, *moins* FIASCO.

Arnika, assise sur un panier à houille, qui est sur une brouette, est traînée par Mollusko; Perdro et Bavar, à sa droite et à sa gauche, maintiennent son équilibre d'une main, et de l'autre l'éventent; Niaise vient ensuite; le placeur tient la queue de sa robe. Un enfant jette des feuilles de roses sur le passage; un employé ferme la marche en balayant les fleurs, ce qui fait dire au dilettante : « Ah! c'est l'acte du balai ! » *Le cortège fait le tour du théâtre en chantant le chœur suivant, puis s'arrête au milieu de la scène.*)

CHŒUR.

Fêtons la reine des charbonnières,
Qui rentre en son foyer!
Peut-être qu'à ses locataires
Ell' f'ra grâc' du loyer !

ARNIKA.

Merci, mes amis; je suis fière de vos bémols; je suis heureuse de retrouver cette mine qui m'a noircie dans son sein. Puissé-je y rester toujours!

MOLLUSKO.

Oh! maintenant, nous y blanchirons.

NIAISE.

Ça me paraît difficile.

MOLLUSKO.

Je parle de nos cheveux, princesse.

ARNIKA, *remontant.*

Mais où donc est Fiasco?

NIAISE, *à elle-même.*

Elle y pense toujours.

MOLLUSKO, *bas à Niaise.*

Voulez-vous que je vous en débarrasse de celui-là?

* Perdro, Niaise, Mollusko, Arnika, Bavar.

NIAISE.

Que dis-tu?

MOLLUSKO.

Je puis l'envoyer promener sous un arbre perfide, sous l'immense néflier dont on ne revient pas.

NIAISE.

Nous en recauserons.

ARNIKA, *redescendant.*

Personne ne peut me donner des nouvelles de Fiasco?

PERDRO, *passant à elle.*

Prends garde, Arnika, Fiasco ne savait pas qu'il viendrait en ces lieux; il ne s'est pas, comme nous, muni de passeport, et le règlement de ta commune est inflexible.

BAVAR.

Quiconque y circule sans passeport a le droit d'y être exterminé.

ARNIKA.

O ciel!

MOLLUSKO.

Quel espoir!

NIAISE.

Le voici.

ARNIKA.

Tenons-nous à l'écart. (*Elle remonte.*)

SCÈNE XVIII

LES MÊMES, FIASCO.

FIASCO, *entrant en chantant.*

Ah! que c'est beau!
Qu' c'est grand! qu'c'est nouveau!
Quelle avalanch' de houille!
Ça me chatouille
De penser que je suis
Dans ce pays
Exquis!

PERDRO.

Fiasco, mets un bécarre à tes dièses joyeux et prématurés.

BAVAR.

Et exhibe ton passeport, qu'on le lise.

FIASCO.

Il faudrait que je l'eusse pour que tu le lusses.

* Niaise, Mollusko, Fiasco, Perdro, Bavar.

PERDRO.

Alors tu pourrais bien faire un tour au violon de la localité.

BAVAR.

Et peut-être pis.

FIASCO.

Mais vous ne me livrerez pas?

PERDRO.

Je me gênerai!

ARNIKA, du fond.

Je m'y oppose!

PERDRO.

Oh! toute propriétaire que tu es, tu ne peux transgresser la loi!

ARNIKA, descendant entre Mollusko et Fiasco.

Non, mais si cet étranger était mon époux, la loi ne l'atteindrait pas.

NIAISE.

Que dit-elle?...

PERDRO.

Que dis-tu?

BAVAR.

Qu'as-tu dit?

MOLLUSKO.

Qu'a-t-elle dit?

FIASCO.

Que vient-elle de dire?

LE DILETTANTE.

Qu'est-ce que ça peut vouloir dire?

ARNIKA.

Oui, quand il me sauva de l'écluse, sur votre canal là-bas, ma main fut sa récompense.

MOLLUSKO, à part.

O imposture!

BAVAR.

Clandestinement, alors?

ARNIKA.

Pardine!

FIASCO, à lui-même.

Si clandestinement que je l'ignorais moi-même. Mais je comprends, c'est pour me sauver.

PERDRO.

Ce mensonge est-il vrai?

ARNIKA, bas à Mollusko.

Dis comme moi. (Haut.) Demandez à Mollusko?

MOLLUSKO, *à part.*

Moi! sauver mon rival!

PERDRO.

Au fait, il le hait, il ne mentira pas. Est-ce vrai, Mollusko?

MOLLUSKO, *descendant devant le trou du souffleur.*

AIR : *Rachel, quand du Seigneur.*

L'avoir tant adorée,
Et, dévouement fatal!
Je l'aurai donc livrée
Au bras de mon rival!

LE DILETTANTE, *l'interrompant.*

Il y a des faux airs de *la Juive* là-dedans.

MOLLUSKO, *très-formalisé, au dilettante.*

Comment, faux...

LE DILETTANTE, *confus.*

Je vous demande pardon, monsieur... c'est un mot qui se dit... Je n'ai pas voulu dire... par exemple... Continuez donc, je vous prie.

PERDRO, *à Mollusko.*

Répondras-tu?

ARNIKA, *bas, à Mollusko.*

Réponds, je te payerai quelque chose à la sortie.

MOLLUSKO, *à lui-même.*

Allons! encore ce sacrifice. (*Haut.*) Eh bien! je jure devant vous... je jure... (*A part.*) Nom de nom!... (*Haut.*) Je jure... qu'elle l'aime et qu'il est son époux.

TOUS.

Son époux!

MOLLUSKO, *reprenant le motif de la Juive.*

C'est moi qui l'ai livré...é...é...é...e
Aux bras de mon rival!
                    (*Il sort avec désespoir.*)

ARNIKA, *à elle-même.*

Il est sauvé. (*Elle passe à l'extrême droite.*)

BAVAR.

Puisque c'est vrai, laissons les deux époux savourer leur lune de miel.

PERDRO.

Soit; venez-vous, Niaise?

NIAISE, *allant à lui.*

Pas avec vous; je reste dans la coulisse pour troubler la fin de leur duo. (*On sort.*)

SCÈNE XIX

FIASCO, ARNIKA.

FIASCO.

Attention, là! (*Ils remontent au fond et redescendent sur l rampe pour attaquer le duo.*)

AIR de *la Favorite*.

Ciel! je me sens tout r'tourner!
Je t'avais méconnue,
J'avais donc la berlue!

ARNIKA.

J'ai dit ça seul'ment pour détourner
De toi les coups d' massue!
T'es pas forcé d' m'aimer!

FIASCO.

Oh! qu' si!... T'as captivé mon cœur!
Oui, je t'ai...ai...ai...me!

ARNIKA, *se détachant de lui.*

Il m'ai...ai...ai...me!

ENSEMBLE, *se reprenant.*

Ah! ah! ah!
Ah! c'est le bonheur suprème!
Je dirai même plus, c'est le suprème bonheur!

LE DILETTANTE.

Eh bien! dans tout l'ouvrage, voilà la scène favorite.

NIAISE, *chantant dans la coulisse.*

AIR : *Fleuve du Tage.*

C'est chos' commune
Qu'un mariage commençant
Par une douc' lune
Continue en croissant.

FIASCO, *fasciné par la voix de la coulisse jusqu'à la fin de la scène.*

Quel prodige!... cet air entraînant... ces paroles consolantes... cette voix enchanteuse. (*Se reprenant.*) Enchanteresse.

LE DILETTANTE.

Ou enchantante.

ARNIKA.

Ma rivale!

FIASCO, *avec une ivresse poétique.*

Où qu'elle est?... où qu'elle est?

ARNIKA.

Il l'aime encore!

FIASCO.

Oh ! oui, décidément, c'est l'autre.

AIR : *Un jour, à la barrière.*
Oui, sa voix en coulisse
M'attire.

ARNIKA,
Hélas !

FIASCO.

Vers elle je me glisse.

ARNIKA, *voulant le retenir.*
Faut pas.

FIASCO, *cherchant à se dégager.*
Faut pas ?
(*Il fait un faux pas.*)
Quoi ! lorsqu'elle m'appelle,
La fuir ?...

ARNIKA.
Pardieu !

FIASCO.

Suis-j' le chien d' Jean d' Nivelle?
Adieu ! adieu !
(*Ce second adieu doit ressembler à un éternuement. — Il sort.*)

LE DILETTANTE.

Dieu vous bénisse !

SCÈNE XX

ARNIKA, puis NIAISE.

ARNIKA.

L'ingrat ! le traître ! Mais je lui garde un chien de ma
chienne. Il ne périra que de ma main.

NIAISE, *du premier plan, se précipitant à ses genoux.*
Grâce pour lui !

ARNIKA.

Quoi ! tu m'as entendue ?

NIAISE.

Oui, j'étais là, dans la coulisse.

ARNIKA.

Et tu braves ma présence, quand tu sais que je l'aime,
quand je sais que tu l'aimes, lorsque je sais qu'il t'aime !

NIAISE.

Oh ! oui, nous nous aimons...

ARNIKA.

Cruels, vous vous aimez !... les effrontés, ils s'aiment !

* Niaise, Arnika.

LE DILETTANTE.

Première conjugaison, indicatif présent.

NIAISE.

Mais que votre courroux ne tombe que sur moi. Épar-
gnez-le.

ARNIKA.

Pauvre fâme !

NIAISE.

Que vois-je ! vous pleurez !

ARNIKA.

Air : Polka des *Deux Vieilles Gardes.*
Oui, voilà bien, voilà tous mes tourments !
Pauvre victime !
Lui faire un crime
Des maux, qu'hélas ! moi-même je ressens !
Je ne le puis ;
Je ne sais où j'en suis !
T'éprouves donc pour not' Fiasco...

NIAISE.

Comme un' felure dans l' coco !

ARNIKA, *la main sur le cœur.*
Et là, comme la griffe d'un chat ?...

NIAISE.

Qui vous déchire l'estomac,

ENSEMBLE.

Oui, c'est bien ça,
Tout à fait ça ;
Ce mal qu'est le mien,
C'est aussi l' sien,
Le mien c'est l' sien,
Le sien c'est l' mien,
Oui, voilà bien, voilà tous mes tourments,... etc.
(*Leurs physionomies ont l'attendrissement voulu par les paroles
pendant que leurs pieds marquent le rhythme de la polka.*)

LE DILETTANTE.

Comme leur démarche peint bien ce qu'elles ressentent !

ARNIKA, *appelant,*

Mollusko.

NIAISE,

Que va-t-elle faire ?

SCÈNE XXI

LES MÊMES, MOLLUSKO. *

MOLLUSKO.

Madame a sonné.

* Mollusko, Niaise, Arnika,

ARNIKA.

Oui. *(A Niaise.)* Va-t'en, pauvre Niaise, je vais ordonner de ton sort, et tu seras contente. Mais pense souvent à moi.

NIAISE, *avec âme.*

Tu t'appelles Arnika, ça suffira pour me faire panser. *(Elle sort.)*

SCÈNE XXII

MOLLUSKO, ARNIKA

MOLLUSKO.

Vous avez l'air joliment bien ensemble.

ARNIKA, *passant devant lui.*

Oui, je renonce à Fiasco.

MOLLUSKO.

Qué bonheur !

ARNIKA.

Pour toi, égoïste. N'importe. Tu vas les conduire tous deux vers ce bateau qu'on aperçoit encore sur le canal ; ils mettront à la voile, et quand tu les auras vus partir, quand ils seront loin et en sûreté, tu viendras me rejoindre sous l'immense néflier qui domine le promontoire.

MOLLUSKO.

Sous l'immense néflier ! sous cet arbre homicide. Ah ! n'en approchez pas.

ARNIKA.

Tu crois donc ce danger bien réel ?

MOLLUSKO.

Inévitable. Il existe dans le voisinage un troupeau de porcs, destiné, comme la plupart de ces intéressants quadrupèdes, à l'extirpation des truffes. Ce troupeau est depuis quelque temps décimé par les trichines.

ARNIKA.

Qué qu' c'est qu' ça !

MOLLUSKO.

Une petite bête malfaisante qui se dérobe jusqu'à présent aux effets du soufflet insecticide. Les porcs ont attribué leur épidémie à une indisposition des truffes, et se sont rabattus momentanément sur les nèfles, auxquelles ils ont communiqué leur souffle vénéneux.

ARNIKA, *à elle-même, avec une joie sinistre.*

Je le savais.

MOLLUSKO.

Or, s'abriter sous l'immense néflier en question, c'est aller au-devant d'un empoisonnement certain.

ARNIKA.

Obéis-moi, va les conduire, et reviens me trouver.

MOLLUSKO, *à part, en passant au-dessus d'elle.*

Oh! je reviendrai à temps. (*Haut.*) Vous le voulez ? *

ARNIKA.

Je le veux.

MOLLUSKO.

Songez à ce que vous allez trouver.

ARNIKA.

Eh bien?

MOLLUSKO.

La mort.

ARNIKA.

Des nèfles ! (*Il sort à gauche; elle à droite.*)

LE DILETTANTE.

Allons, allons, la situation est empoignante. Nous allons voir la scène de l'arbre... et je crois bien que c'est ici la fameuse ritournelle à l'unisson dont on a tant parlé. (*Le Placeur paraît avec un petit arbuste en pot, qu'il pose au milieu du théâtre sur un tabouret; quelques nèfles pendent aux branches.*)

LE DILETTANTE.

Qu'est-ce que c'est que ça ?

LE PLACEUR.

C'est l'immense néflier, monsieur.

LE DILETTANTE.

Tiens, je me faisais une autre idée de sa dimension ; mais ça prouve qu'il y en a de plus petits. (*Le Placeur distribue des mirlitons aux musiciens de l'orchestre.*) Qu'est-ce que vous distribuez donc à ces messieurs? Des sucres de pomme?

LE PLACEUR.

Des mirlitons !

LE DILETTANTE.

Pourquoi faire?

LE PLACEUR.

Pour la ritournelle à l'unisson.

LE DILETTANTE.

Tiens, je croyais que c'était sur les violoncelles.

LE PLACEUR.

Nous n'en avons pas.

LE DILETTANTE.

Mais la consigne de Meyerbeer était...

LE PLACEUR.

En fait de consigne, nous violons celles qui nous gênent.

* Mollusko, Arnika.

LE DILETTANTE.

Ouye, ouye, ouye! J'ai la rage de le faire causer, celui-
là. Voyons, voyons le dénoûment. (*L'orchestre joue l'intro-
duction du dernier tableau de l'Africaine, et le passage des
violoncelles est joué sur les mirlitons, sans aucune charge. —
Puis vient la ritournelle de la Folle de Grisar, pendant la-
quelle Arnika s'avance lentement vers l'arbre, cueille une nèfle
et la mange en faisant la grimace.*)

ARNIKA.

Air de *la Folle.*

Immense néflier, je viens sous tes rameaux,
Car ton ombre empestée est l'ombre des tombeaux!
    Mon cœur est désarmé,
    La haine m'abandonne!
  (*Tournant autour de l'arbre.*)
    Adieu, mon bien-aimé!
    Adieu, je te pardonne!
  (*S'affaissant.*)
Mais déjà cette nèfle... agite tous mes nerfs!
Et mon cerveau troublé... voit les cieux... entr'ouverts!
      (*Elle se couche.*)
    Douce extase,
    Qui m'embrase!
  Ce poison... Dieu! qu' c'est fort!
Plus d' tempêt'... la trichin' m'aura conduite au port!
      (*Elle tombe mourante.*)

MOLLUSKO, *accourant, une boîte au lait à la main.*

Même air.

C'est moi, chère Arnika; reviens à la raison;
Dans tous les cas j'apporte un peu d' contre-poison!
    (*Il pose sa boîte au lait.*)

ARNIKA.

C'est trop tard!

MOLLUSKO.
    Désespoir!
Elle a mangé sa nèfle!
(*La soulevant.*)
    Tout son sang devient noir...
Noir... comme un as de trèfle!

ARNIKA.

Mollusko, n' m'en veux pas.

MOLLUSKO.
    Mais t'es froide, ô terreur!
Ton œil tourn', c'est la mort!...

ARNIKA,

Non, non, c'est le bonheur!

MOLLUSKO, *cueillant une nèfle,*

Alors, j'en mange aussi!

(Il y goûte.)

Cristi! quel mauvais fruit!
N'import'! y a d' la trichin', voilà le mal détruit!

(Il tombe mort, les pieds du côté de la tête d'Arnika.)

LE DILETTANTE.

Eh bien, ça finit comme ça... à eux deux! les autres personnages ne viennent pas chanter quelque chose à la fin!

FIASCO, *passant sa tête au premier plan.*

Si vous y tenez absolument, vous savez que nous sommes là.

TOUS LES PERSONNAGES, *passant chacun leur tête à un plan différent.*

Nous sommes là.

LE DILETTANTE.

Certainement, c'est plus gai... et les deux pauvres morts...

NIAISE.

Oh! les morts reviennent dans le répertoire de Meyerbeer.

(L'orchestre joue l'air des Nonnes de Robert le Diable. Arnika et Mollusko se relèvent et descendent en scène avec les autres, en se donnant des poignées de main.)

Air des *Nonnes.*

Tiens, c'est toi, c'est moi!
Tiens, c'est moi, c'est toi!
Ah! l'heureuse rencontre!
Quand à moi se montre
Un joyeux ami,
Tout tourment est fini,
Oui! *

FINAL.

Air de *Renaudin de Caen.*

FIASCO.

Nous sommes donc venus à bout
De représenter *l'Africaine;*
Aurons-nous eu l'heureuse veine
Qu'elle ait été de votre goût?

ARNIKA.

Ces paroles qu'on vous exhibe,
L'affiche a dû le proclamer,

* Perdro, Niaise, Mollusko, Arnika, Fiasco, Bavar.

N'ont rien de commun avec Scribe ;
Nul de vous ne peut réclamer.

BAVAR.

La musique de Meyerbeer
Eût par trop compliqué nos rôles ;
Et, pour être chanteurs peu drôles,
Mieux vaut chasser tout mauvais air !

PEDRO.

Vous daignerez bien reconnaître
Nos égards pour tout visiteur,
Quand nous supprimons le grand prêtr
Avec le grand inquisiteur.

MOLLUSKO.

Dans notre pièce, on l'avouera,
La question de houille domine,
Et donne à l'ouvrage une mine
Qu'il n'eut jamais à l'Opéra.

FIASCO.

Le navire et ses dépendances
Risquaient fort de nous encombrer ;
On a diminué les chances
Que cet acte avait de sombrer.

LE DILETTANTE.

Pour l'actualité plein d'égard,
Lorsque leur auteur imagine
Un récit de porcs, de trichine,
N'est-ce pas le comble de *l'art* ?

MOLLUSKO.

Bref, notre farce débonnaire
Se croit à l'abri du censeur ;
Car siffler notre charbonnière
Nous semblerait une noirceur.

ARNIKA.

Donc, nous sommes venus à bout
De représenter *l'Africaine* ;
Qu'un bravo payant notre peine
Dise qu'elle est de votre goût !

TOUS.

Donc, nous sommes, etc.

FIN.

Paris. — Typ. Morris et Comp., rue Amelot, 64.

L'Africaine pour rire, parod., 1 a...	» 60
A la Salle de police, croquis, 1 acte...	» 60
Une Amie, comédie, 1 acte en vers...	1 »
L'Amour médecin, comédie, 3 actes...	5 »
L'Article VI, vaud., 1 acte...	» »
Le Bal de la Halle, vaud., 2 actes...	» 60
Bal et bastringue, vaud. 3 actes...	» 60
La Baronne de Bergamotte, c.-m., 2 a...	» 60
Bas-de-Cuir, drame, 5 a. 8 tabl...	1 50
Les Batignollaises, vaud. grivois, 1 a...	» 60
Bertrand, c'est Raton, vaud., 1 acte...	» 60
Bettine, op. comique, 1 acte...	1 »
Le Cadeau d'un Horloger, vaud., 1 a...	» 60
Cent un coups de canon, vaud., 1 a...	» 60
La Charité, pièce de vers...	» 25
Les Charpentiers, drame, 4 a. 8 tabl...	» 60
La Chasse à ma femme, vaud., 1 a...	» 60
Un Chef-d'œuvre en sapin, fol. m., 1 a...	» 60
Chez les Montagnards..., vaud., 1 a...	» 60
Chou-blanc, vaud. 1 acte...	» 60
Une Circulaire Alfaïc, vaud., 1 acte...	1 »
Le Coup de Jarnac, drame, 5 actes...	1 50
Le Coupeur d'oreilles, dr., 5 a. 9 tabl...	» 60
Dans de mauvais draps, vaud., 1 a...	» 60
Le Danseur du Roi, op.-ball., 2 a...	» 60
Le Défaut de la cuirasse, com., 1 a...	» 60
La Dette de Jacquot, opérette, 1 a...	» 60
Les Deux Arlequins, op. com., 1 a...	» 60
Les Deux Dots, com.-vaud., 1 a...	» 60
Un Duel à trois, com., 1 a...	» 60
Les Duperies de l'esprit, c., 1 a., vers...	1 »
Edwige de Pologne, drame, 5 a., vers...	7 50
Egill le Démon, drame, 3 actes...	1 »
L'Enfant prodigue, grand opéra, 5 a...	1 »
Les Enfants de la balle, c.-v., 1 a...	» 60
Les Enfants de la Victoire, dr., 5 a...	» 60
L'Explosion, drame, 3 actes...	1 »
Les Exploits de Sylvestre, opéra, 1 a...	1 »
Un Fantôme, com.-vaud., 1 acte...	» 60
La Femme à la mode, com., 1 a...	» 60
Les Femmes de Genarel, scènes, 3 a...	1 »
Francœur, opérette, 1 acte...	1 »
Françoise de Rimini, trag. 3 a., vers...	7 50
Le Gentilhomme campagnard, v., 1 a...	» 60
Les grands Écoliers en vacance, v., 3 a...	» 60
La Grève des Amoureux, vaud., 1 a...	» 60
Griselde, drame, 3 a., vers...	7 50
Le Hanneton de Japon, c.-v., 1 a...	» 60
L'Héritier du Czar, drame, 5 a...	» 60
Héraut, drame en vers...	1 »
L'Île du prince Touton, folie, 1 a...	» 60
Les Impressions de voyage, c.-v., 1 a...	» 60
Jean la Poste, drame, 5 a. 10 tabl...	2 »
Jeanne de Sommerive, drame, 3 a...	1 »
Je suis ni collet, fol. vaud., 1 a...	» 60
La Jeunesse de Charles-Quint, op.-c., 2 a...	» 60
Jeunesse et malice, vaud., 1 a...	» 60
La Lampe de Davy, com., 1 a., vers...	7 50
Lucrèce Borgia, drame en vers...	1 »
Le Lutin de la vallée, légende, 2 a. 3 t...	» 60
Nalema Narratte, dr.-vaud., 5 a...	» 60
Madame Schlick, com.-vaud., 1 a...	» 60
Mademoiselle Fanfreluche, vaud., 3 a...	» 60
Le Mangeur de fer, à cheval par 21...	» 60
Une Mansarde d'étudiant, dr., 1 a., v...	» 60
Les Mortons du feu, vaud., 3 actes...	» 60
Un Martyr de la Victoire, dr., 5 a...	» 60
La Mère Moreau, pochade, 1 a...	» 60
Mes Vœux fublis, coméd., 1 a., vers...	» 60
Mesdames Montenbriche, com., 5 a...	2 »
Les Métamorphoses de Bougival, v., 1 a...	» 60
Un Monsieur qui a perdu son mouchoir, vaud., 1 acte...	» 60

Un Monsieur tombé des nues, v., 1 a...	» 60
L'Ombre d'Argentine, op. com., 1 a...	» 60
L'Orfèvre du pont au Change, dr., 5 a...	» 60
La Paix à tout prix, com., 3 a., vers...	1 50
Penne aux airs, parodie, 2 a...	» 50
Paul et Virginie dans une mansarde, vaud., 1 acte...	» 60
La Perle des Servantes, com., 1 a...	» 60
Le Poignard de Leonora, pièce, 2 a...	» 60
Le Portrait de Séraphine, op. c., 1 a...	1 »
Les Portraits-Cartes, vaud., 1 a...	» 60
Prête-moi ton nom, vaud., 1 a...	» 60
Recette contre l'embonpoint, v., 2 a...	» 60
Le Retour d'Ulysse, op. bouffe, 1 a...	» 60
Rompons, opéra bouffe, 1 a...	» 60
Rouen tel qu'il, tire lire, 5 a. 20 tabl...	1 »
Le Royaume des Poètes, c.-v., 1 a...	» 60
La Rue Quincampoix, dr., 5 a., vers...	» 60
Les Sabots d'Aurore, com., 1 a...	» 60
Semer pour récolter, opérette, 1 a...	» 60
Simonne, opérette, 1 acte...	» 60
Le Soufflet de l'Amour, com.-v., 2 a...	» 60
Un Spahi, com.-vaud., 1 a...	» 60
Tataria duelliste, opérette, 1 a...	1 »
Les Tempêtes du célibat, fol.-v., 1 a...	» 60
Thomas le rageur, com.-vaud., 1 a...	» 60
Le Tourbillon, com., 5 a. 6 tabl...	3 50
Le 31 Décembre et le 1er Janvier, v., 2 a...	1 »
Un de perdu, une de retrouvée, c.-v., 1 a...	1 »
L'une après l'autre, vaud., 1 a...	1 »
Un Vendredi, com.-vaud., 1 a...	» 60
Une Vengeance, com.-vaud., 1 a...	» 60
Le Ver luisant, féerie 5 a. 12 tabl...	1 »
Le Vicomte de Létorières, com., 3 a...	» 60
Une Vie de Polichinelle, vaud., 1 a...	» 60
La Villa Dupuy, com.-vaud., 1 a...	» 60
V'la ce qui vient de paraître, revue...	» 60
Le Wagon des Dames, com., 1 a...	1 »
Adalbert, poème lyrique, 2 part...	7 50
Les Aïeux, mystère, 4 part...	7 »
Les Amis de César, com. rom., 3 a...	3 »
L'Anneau du Diable, com.-vaud., 2 a...	» 25
L'Art de se faire aimer, com., 1 a...	» 60
Au pied du Mur, com., 1 a...	» 60
L'Avare de Molière, mis en vers...	7 50
Azaël, poème lyrique, 1 a...	7 50
Les Caprices de Henri IV, com., 1 a...	1 »
Charlotte Corday, drame, 5 a...	8 »
La Confidente, comédie, 1 a...	2 50
Le Dernier Troubadour, drame, 5 a...	1 »
Les Deux Reines de France, dr., 5 a...	1 50
El Divorcio, drame, 3 a...	1 »
Le Duc de Savoie, drame, 5 a...	1 »
La Fée Jorasse, drame, 1 a...	1 »
La Fille abhorrant martelage, farce, 2 a...	1 25
Un futur Gendre, com., 1 a...	2 50
La Guerre des C... mars, drame, 5 a...	1 »
Guel-opéas, drame, 3 a...	2 50
Un heureux Débuteur, com., 1 a...	1 »
Jean III Sobieski, drame, 3 a., vers...	7 50
La Lionne marseillaise, prov., 1 a...	1 »
Le Mari de Mademoiselle, o., 1 a...	1 »
Marie-Madeleine, dr., 3 a., vers...	7 50
Le Médecin des cœurs, com., 2 a...	1 »
Miss Barclay, com., 3 a...	2 50
Pygmalion, poème lyrique, 1 a...	7 50
Une Revanche de la Gaimard, c., 1 a...	1 »
Le Roi des Kerkigus, op. com., 1 a...	1 »
Roland dit Cœur de Veau, par., 1 a...	» 50
Les Souvenirs de théâtre, com., 1 a...	2 50
Les Vendanges, com., 1 a., vers...	1 50
Washington, drame, 5 a., vers...	2 »

PARIS. — TYP. MORRIS ET COMP., RUE AMELOT, 64.

Contraste insuffisant

NF Z 43-120-14

www.ingramcontent.com/pod-product-compliance
Lightning Source LLC
Chambersburg PA
CBHW060843180626
46818CB00004B/1568